개미집

국립중앙도서관 출판시도서목록(CIP)

개미집 / 이상호. -- 서울 : 갈무리, 2007
　　p. ;　　cm. -- (마이노리티시선 ; 25)

ISBN　978-89-86114-95-9 04810 : ₩6000
ISBN　978-89-86114-26-3(세트)

811.6-KDC4
895.715-DDC21　　　　　　　　　　　　　　　CIP2007000036

마이노리티시선 25

개미집

지은이 이상호
펴낸이 장민성, 조정환
책임운영 신은주 편집부 오정민 마케팅 정현수
용지 화인페이퍼 인쇄·제본 한영문화사 출력 경운출력
펴낸곳 도서출판 갈무리 등록일 1994. 3. 3. 등록번호 제17-0161호
초판인쇄 2007년 1월 10일 초판발행 2007년 2월 2일

주소 서울 마포구 서교동 375-13호 성지빌딩 101호
전화 02-325-1485 팩스 02-325-1407
website http://galmuri.co.kr e-mail galmuri@galmuri.co.kr

ⓒ 이상호, 2007

ISBN　978-89-86114-95-9 04810 / 978-89-86114-26-3 (세트)
값 6,000원

★ 잘못 만들어진 책은 바꾸어 드립니다.

개미집

이상호 시집

갈무리

시인의 말

아직 가야할 길이 멀기만 합니다.
뒤돌아보니 어설픈 발자국들이 제자리를 찾지 못해
길 위에 떠 있습니다.

하나둘 생각나는 지나온 일들이
부끄럽기도 하고 후회도 되지만
내가 살아온 길 후회하지 않으렵니다.

지금은 '자본의 바쁜 길' 위에서 잠시 쉬고 있습니다.
땀 흘린 만큼 정당한 대가를 받을 수 있는
세상을 만들기 위해,
하루라도 빨리 현장에 가기 위해,
매일 치료를 받고 있습니다.

첫 시집이 세상에 나올 수 있도록 이끌어주신
'객토동인' 선배님들과
따뜻하게 보살펴주신 여러 선생님들께
머리 숙여 고마운 인사를 드립니다.

끝으로 기꺼이 시집을 펴내 주신
'도서출판 갈무리' 식구들께도 진심으로
고마움을 전합니다.
몇 년째 자식의 자리, 남편의 자리, 아버지의 자리를
제대로 지키지 못했습니다.
저는 오늘도 식구들 곁으로 돌아가기 위해
쉬지 않고 병실을 걷습니다.
오늘따라 문득, 홀로 누워 계신 어머니가 보고 싶습니다.
아이들과 씨름하고 있을 아내도 보고 싶습니다.

겨울바람은 찬데 …….

2007년 1월

마산의료원 병실에서

이상호

차례

시인의 말

제1부 겨울 한낮에

13   말없는 사람들
14   봄나들이
15   야간작업
16   죽순 하나
17   불나방
18   일밖에 모르고
19   비정규직
20   목수 김씨
22   덕하에 가면
24   그 겨울 어느 날
26   겨울
27   합포만
28   겨울 한낮에
30   눈길
32   회전그네
33   전화

내가 할 수 있는 것　34
비정규직 노동자　36

제2부 서른여섯 해

사랑은 깊어만 가고　39
야간작업 마치고　40
벚꽃보다 더 환한　41
어느 봄날　42
의령 예술촌　44
밥　46
여름휴가　48
초승달　49
고향 생각에 젖어　50
개미집　52
서른여섯 해　53
달빛　54
아버지 제삿날　55
그림자　56
이삿짐을 싸며　58
메주를 보며　59

60 　새해 첫 날

62 　봄이 오면

제3부 손바닥에 핀 봄꽃

67 　손바닥에 핀 봄꽃

68 　아침

70 　이런 날

71 　아침회의

72 　가불인생

74 　하루

76 　알소금 입에 물고

78 　퇴근시간

80 　비 오는 날

81 　대기근무

82 　손전화기 들어 보이는데

83 　도장공 정우 형의 넋두리

84 　긴급출동

86 　중고

88 　운수 좋은 날

90 　토요일 오후

제4부 신문을 보다가

흔적　95

봄비 오는 밤　96

창문에 기대어　97

신문을 보다가　98

짜장면　100

내 자리　101

질긴 어둠　102

발자국 소리를 잊는다　103

겨울비 내리는 날　104

밤　106

발문 · 서정홍(시인)

한 사람의 아픔은 세상의 아픔이다　109

제1부

겨울 한낮에

말없는 사람들
봄나들이
야간작업
죽순 하나
불나방
일밖에 모르고
목수 김씨
덕하에 가면
그 겨울 어느 날
비정규직
겨울
겨울 한낮에
눈길
합포만
회전그네
전화
비정규직 노동자
내가 할 수 있는 것

말없는 사람들

새벽안개를 뚫고
통근버스도 졸면서 왔다

저마다
의자에 몸을 묻은 채
당연한 듯 눈을 감는다

흔들리는 차 속
간간이 부딪히는 어깨
혼자 주절거리는 라디오
나직이 들리는 코고는 소리

말없는 사람들

통근 버스 안은
서서 가는 사람조차 눈을 감고
숨소리마저 줄아들어
그 누구도 말이 없다

봄나들이

환한 햇살에 잠시 눈이 먼다
옹기종기 진달래 무더기처럼 동료들 모여
담배 불꽃으로 공장 앞을 물들이다 본 산
울긋불긋 꽃물결이 수를 놓고 있다

저 산에 산에
진달래 흐드러지게 피었을 텐데

우리도 한번 가자
아내와 아이 데리고

아니, 마음이야
백 번 천 번도 더 갔다 왔지
그게 마음먹은 대로 되나

이런 저런 동료들 넋두리만
담배 연기 속에 흩날리다
쉬는 시간 다 지나가는 줄도 모르고 ……

야간작업
— 월요일

고요하다

베란다 샤시 거미줄에
거미는 보이지 않고
가끔 지나가는 차 소리만
거미줄을 뚫고 들린다

지나가는 실바람이
거미줄을 흔든다

사람 소리 하나 들리지 않는다

죽순 하나

여기 저기 흩어져 있는
건축 자재들이 흉물스럽다

짓다만 공장 건물 한쪽
파헤쳐진 흙더미 속에
우뚝 죽순 하나 솟아났다

또다시
뒤집어지고 실려 나갈 흙더미에
언제 뿌리를 내렸나
보란 듯이 당당한

죽순 하나

불나방

며칠째 야간작업이다

땀에 절은 작업복이
어깨를 짓눌러도
로봇처럼 움직이는 팔 다리
공구를 쥔 손에 쥐가 나고
눈꺼풀이 자꾸 처진다

언제 날아왔을까
작업장엔 불나방들이
커다란 그림자를 드리우며
제 세상 만난 듯 옥작거리는데

불나방이 불빛을
벗어날 수 없는 것처럼
오늘밤도 우리는
라인을 벗어날 수 없다

일밖에 모르고

예년보다 긴 장마 끝
아침부터 햇볕이 따갑다

광려천 제방 위에
코스모스가 한창이다

언제부터였나
봄여름가을겨울
사철을 느껴 본 기억이 아련하다

점퍼를 벗으면 여름이었고
옷깃을 여미면 겨울이었다

제 철을 잃고 활짝 피어난
저 코스모스들은
지금이 여름이란 것을 알기는 알까
일밖에 모르고 살아온 나처럼

비정규직

주 오일 근무를 한답니다
연봉이 몇 천만 원이라 합니다
해마다 연봉 인상을 한답니다

하루벌이 나갑니다
하루를 살아갑니다
공치는 날에도
집에 가지를 못하겠습니다

주 오 일 근무 아니라도 좋습니다
몇 천만 원 연봉 아니라도 좋습니다
월급 밀리지 않고
일자리 걱정 없는 세상
다만 그런 세상이면

목수 김씨

사십 년 동안
목수일 했다는 김씨

환갑 지난 나이에
구부정한 허리로
자르고깍고다듬고자르고깍고다듬고
능숙한 솜씨로 못질을 한다

아무리 힘들어도·내마 부지런하문
먹고 살 걱정은 없었는데
요새는 우째된 긴지
이름 있는 대학을 나와도 취직이 안 되니
허리가 휘도록 공부시킨 아들놈
일자리 없어 놈팽이 신세
일 년이 넘었구마
허, 참 이놈의 세상

새참으로 나온 막걸리 들이키고

불그레한 얼굴로
담뱃불을 붙이며
다시 못질을 해 댄다

땅땅땅 따앙땅땅

덕하에 가면

오일장이 서는 덕하에 가면
꼼장어 구이만 파는 남훈이 형이 있다

울산에서 태어나
울산을 떠나 본 적이 없다는 남훈이 형
한때는 괜찮은 회사에
어깨 펴고 다닌 적도 있었다는데
구조조정에 잘리고
장판을 떠돈 지 몇 년째

머린 머리대로
몸통은 몸통대로 토막을 내도
꼬물꼬물 살아 움직이는 것을 볼 때마다
질기디 질긴 삶을 생각한다는 남훈이 형

오늘도
토막 난 삶을 함께 넣어
새 희망을 포장하는

덕하에 가면
남훈이 형이 있다

그 겨울 어느 날

이사급 빽이면 충분하지 않느냐고
곧 정규직 발령 받을 거라고
입사주도 내고
철야에 특근까지
일 년 넘게 일했는데
기다려도 기다려도
인사발령 얘기 없고
믿었던 빽도
다른 곳으로 발령 받아 가 버리고
회사 사정 어려워져
한 달 치 월급 더 줄 테니
사직서에 사인하라는
설날 앞둔 어느 날
같이 잘린 반 동료들과
노동사무소 찾아갔건만
정당한 해고라 아무 하자 없다는 말에
자취방에서 대낮부터

깡소주 마시던 날
마시면 마실수록 온몸이 시리고
정신은 자꾸 맑아져
내가 술을 마시고
술이 나를 마시는

겨울

야외 작업장
꼭꼭 닫아 놓은 천막 틈새로
찬바람은 끝없이 파고듭니다

이번 겨울만 넘기면 일자리 많이 생기겠지요
사람 구하기 힘들어지겠지요
누가 일용직으로 일하겠습니까
뉴스에는 실업률도 낮아졌다는데
적당한 자리 찾아 가야지요

우리는 쉬는 시간마다
난로 옆에 모여
벼룩시장과 교차로를 뒤적입니다

어제도
오늘도
내일도

합포만

합포만이
꿈과 희망이었던 때가 있었다

대낮처럼
작업장 불빛들이
밤을 밝히고
취업 공고판 앞엔
구인광고가 물결처럼 넘실거리고
출퇴근 시간이면
출렁이는 파도처럼
사람들이 밀려왔다 밀려가던 시절

한 시절이란 마치
유행가 가사처럼 흘러가는 걸까
합포만은 여전히 출렁이는데

* 합포만 : 마산 앞바다

겨울 한 낮에

"밀린 월급 내 놓아라
너희는 부모도 없고 밥도 안 처먹고 사냐?
씨펄놈들아!"

시끌벅적대던 사람들
온다간다 말도 없이
현장을 빠져나갔다

경북 영주에서 온
고등학교 실습생들도 투덜거리다
실습 기간 채우기도 전에 돌아갔다

콤퓨레셔, 임펙트, 리프트 소리
하늘을 쩡쩡 울리던 현장엔
너덜거리며 펄럭이는
천막 소리만 요란하다

아무리 둘러보아도

녹슨 공구만 눈에 밟힐 뿐
햇살 한줌 없다

눈길

온 세상을 덮을 듯
함박눈 내린다

눈길 위에
한 발짝 딛고 나면
움푹한 발자국이 되고
흙탕물이 되고
진창이 되는
십오 년 넘도록 걸어온
노동의 길

밤낮 가리지 않고 일했지만
몇 달째 월급 못 받은 곳도 있고
일용직으로 여기저기 들락날락
적응할 만하면 정리해고 된 곳도 있었다

오늘
서른 넘긴 내 발자국

정리해고에
또
내딛는 발자국
흙탕물이 되고
진창이 되는

회전그네
— 일용직

계속 돈다

빙글빙글

어지럽다

쭈-욱

온몸에

힘이 빠진다

내리고 싶지만

훌쩍

뛰어 내리고 싶지만

발이 떨어지지 않는다

전화

밤늦게 전화가 왔다
계약직 이 년 끝내고
새 직장 찾아간 성수 형

취한 목소리로
주절주절
사는 게 겁이 난단다

시한부 인생마냥
하루하루가
이젠 겁이 난다며
전화를 끊었다

밤새
사는 게 겁이 난다는 말만
내 귓가에 웅웅거리다 사라지고

다시 또
웅웅거리다 사라지고

내가 할 수 있는 것

가끔
길고 고된 노동에 지친 날이면
발길 닿는 대로
떠나고 싶었다

가끔
오늘 하루만이라도
월차를 내고
무학산에 오르고 싶었다

때론
동료들과 어울려
마음 턱 놓고
술잔을 기울이고도 싶었다

각종 공과금에
먹고 입을 것 걱정하며
이력서를 품고

여기저기 돌아다니는
실직자가 되고부터는
내가 할 수 있는 것은
아무것도 없었다

떠나고 싶은 곳도
산을 오르고 싶은 마음도
마음 턱 놓고 술잔을 기울이는 것도

비정규직 노동자

노동조합도
딴 나라 얘기입니다

저 당당한 파업은
꿈조차 꾸지 못합니다

가압류야 가슴 아픈 일이지만
해당 사항이 없어 오히려 슬픕니다

묻고 싶습니다
나도 노동자인가?

제2부

서른여섯 해

사랑은 깊어만 가고
야간작업 마치고
어느 봄날
벚꽃보다 더 환한
의령 예술촌
밥
여름휴가
고향 생각에 젖어
초승달
개미집
서른여섯 해
달빛
그림자
아버지 제삿날
이삿짐을 싸며
메주를 보며
새해 첫 날
봄이 오면

사랑은 깊어만 가고

혼인한 지 두 달

　잘-자
　내 꿈꿔
　일어나면 꼭 전화하구
　바빠서 미안
　설거지 고마워
　또 해 줄 거지
　내 사랑

냉장고에 붙어
쌓여 가는 쪽지

출근하면 퇴근하고
퇴근하면 출근하고

쪽지가 쌓여 갈수록
깊어만 가는 우리들의 사랑

야간작업 마치고

침침한 수은등 불빛 같은 새벽이 온다
아무리 까치발로 걸어도
층계를 울리는 발소리가
리프트 안전장치 딸깍이는 소리처럼 울려
발걸음을 멈칫거린다

긴 밤 홀로 뒤척이다 잠들었을 아내
살며시 씻고 들어와 옆에 누우면
어느새 가슴으로 파고들며

피곤하지?

그 한 마디에
물먹은 솜처럼 무거웠던 몸이
가뿐해지는데

어느새 아내는
출근 준비 서두르고

벚꽃보다 더 환한

벚꽃이 너무 화사해서일까
꽃 아래 아이를 보듬고
아내는 웃고 있는데
환한 얼굴이 아니다

바람 불어 꽃잎 날릴 때
아내 몰래 사진을 찍었다

벚꽃보다 환한 웃음
사진 속 꽃잎
빛바래기 전에
되찾아 줄 수 있을까?

꽃잎이 날린다

날리는 꽃잎 따라
가는 봄을 잡으려
나는 사진을 찍고 또 찍는다

어느 봄날

꽃 지자
단숨에 자란 벚나무 잎 무성하다
나들이 나온 식구들 한가해 보이는
창원 대산공원
몽실몽실 아지랑이 사이에
이야기꽃 피었다

꽃 냄새를 맡는지
새싹들을 보는지
아내는 몇 번이나
고개를 숙이기도 하고
그저 빙그레 웃기도 한다

언제였던가
식구들 함께 봄나들이 갔던 때가
아내는 꽃 속에 파묻혀 있어도
봄이
쉽게 믿어지지 않는가 보다

이 포근한 일요일 한낮
다른 세상에서 온 사람처럼

의령 예술촌

폐교가 되어 버린 학교
책상과 걸상은 없지만
여닫이 신발장과
미닫이 청소 도구함들
세월을 품고 있다

교실을 꾸며서 만든 전시실
여치집, 작두, 코뚜레, 망태
지게에 물레까지
올망졸망 앉아 있다

잊혀져 가는 것들이 애처로워
옛사람 손때 묻은 물레
돌려 본다

한 바퀴 두 바퀴
물레에 감긴 시간이 거꾸로 돈다
아이들 재잘거리는 소리가 퍼진다

화단에 꽃들이 만발 한다
분필가루가 햇살에 반짝인다

* 의령 예술촌 : 의령군 궁유면에 있는 폐교가 된 평촌초등학교를 꾸며 예술
촌으로 활용하고 있다.

밥

소쿠리에 넣어 둔 쌀밥
아끼다가 아끼다가
며칠 동안 깜박 잊고
먹지 못한 밥을 씻던 어머니

냄새가 나는지
씻고 또 씻어 가려 낸 밥을
어머니는 맛있게 드셨다

오늘은 며칠 동안 냉장고 안에서
잊혀졌던 식은 밥을 내가 먹는다

어머니의 긴 한숨 같은 밥을
씻고 또 씻어서

그냥 버리지
냄새나는 밥을 왜 먹어요?

밥을 밥으로만 여기는
아내의 잔소리도 맛있게 먹는다

여름휴가

어제까지 야간작업을 했기 때문일까
힘차게 흐르는 물소리가
꼭 기계 돌아가는 소리처럼 시끄럽고
신바람이 난 아이들 소리가
왕왕거리는 콤퓨레셔 소리처럼 들린다

친구네 식구들과 함께 온
지리산 골짜기
알 수 없는 긴장감에
몸이 먼저 굳어진다

손가락이
발가락이
언제 달아날지도 모를 현장이
지리산 골짝까지 따라와
나를 괴롭힌다

나는 지금
어디에 있는지 ……

초승달

지난 밤 내린 비로
물소리가 꽤 요란하다

퇴근길
물소리에 이끌려
다리 위에 서니
물 속에서 바르르 떨고 있는 초승달

하늘 본 지
꽤 오래 되었구나

하늘 한번
제대로 보지 못하고
시간에 쫓겨 온 나날이
물 속에 잠겨 가물가물

어지럽다

고향 생각에 젖어

아파트 뒷산
다랑이 논에서 와글와글 들리는
개구리 소리

복도에 나와
밤을 울리는 개구리 소리에 젖어
고향 논둑길을 떠올려본다

실개천, 피라미, 민들레, 경운기
토끼농장, 탱자가시, 대나무 숲
이젠 사라지고 공장이 된 곳

알 수 없는 외로움과 슬픔이
내 몸을 적셔
가만히 귀 기울인다

개구리 소리가
희석이, 남우, 효석이, 원태 ……

고향 동무들이 날 부르는 소리 같아
저절로 눈이 감긴다

개미집

언제
쫓겨날지 모르는
도시 개발지역 한가운데
뿌리를 내린
아버지처럼

보도블록 틈 사이
작은 집 한 채

서른여섯 해

장대비 속을 걷는다
우산 하나로 쏟아지는 비를 피한다는 게
얼마나 부질없는 짓인가?

살아 온 세월
온통 눅눅하고 축축한 날들인데
젖을 때는 젖고
말릴 때는 말리며
근심걱정 한번쯤 훌훌 털어
온몸으로 부딪치는 것도
괜찮다 싶어
우산을 접는다

빗방울들이 신경을 두드린다
세포들이 움찔움찔 깨어난다

너는 누구냐?
도대체 너는 누구냐고?

달빛

아이를 가지면서 그만 둔 직장
다시 출근한 아내는
희미한 달빛을 안고 돌아 왔다

어린이집에서 하루 내내
엄마와 떨어져 있던 아이가
문을 열자마자
"엄마, 엄마!"
보름달처럼 환한 얼굴로 안긴다

칭얼거리는 아이를
다독이던 아내는
어깨를 두드리며
저녁도 먹지 않고 누웠다

엄마 품을 찾는 아이를 보듬고
하릴없이 복도를 서성이는데
핼쑥한 달빛이
아이를 비추며 따라 온다

아버지 제삿날

어린 손자들
아무리 뛰고 구르며 귀찮게 해도
어지럽다고 손을 내저으며
함박웃음 지으시며 품에 꼭 안으시는 어머니

홀로 되신 지 이십오 년
사과 하나, 조기 하나, 탕국……
정성어린 제사상 차리시며
고개 돌려 애써 눈물을 훔치는 어머니

며느리들 앞세우고
상을 차리는
삭정이 같은 손마디가 눈에 밟혀
살며시 잡아보는 어머니 손

그림자

그림자가 여럿이다
달빛에 비친 그림자
수은등에 비친 그림자
짙고 연한 것들이
손 흔드니 같이 흔들고
발걸음 옮기니 따라 옮긴다

오랜만에 만났다
객지로 흩어진 친구들
반가움에 안부를 묻지만
나누는 이야기마다
긴 한숨으로 술잔만 비울 뿐
마음도 제대로 나누지 못하고 헤어졌다

씁쓸한 마음으로 돌아오는 길
그림자들 따라 온다
늘 웃는 동석이
또 어디로 떠날지 모르는 목수 성호

당장 일자리를 찾아야 하는 용철이
대문 앞까지 따라 왔다

이삿짐을 싸며

옷 정리를 한다

언제 샀는지도 모를 옷들이
수납장 속에 빽빽이 쌓여 있다
하나씩 펼쳐 입어 보기도 하고
무슨 날 선물로 받은 것이란 얘기에
빙그레 웃어도 보지만
몸이 불어
입지도 못하는 옷들이
한쪽에 쌓여 가고

오늘은 비워진 수납장을 밀어 넣으며 ……

잠시 생각한다
살면서
버리는 것과
비우는 것에 대해

메주를 보며

현관문을 열자
확
밀려오는
냄새

어머니 냄새다

한 번이라도 넉넉한 웃음
안겨 드린 적 없는데
올해도 메주는 넉넉히 달렸다

손수 장을 담그는 집이
흔하지 않는 요즘
자식들 생각하며
토닥토닥 정성 들여
만들었을 메주

어머니 사랑이다

새해 첫 날

새벽 별빛이 길을 밝히는
무학산을 오른다

새해 첫 날
발걸음마다 꾹꾹 마음 다지며
오르는 산 길
돌아보면
숨차 오르는 만큼이나
쉼 없이 살아온 날들이
어둠 속에서 툭 툭 튀어나와
발길을 잡는다

떠오르는 해를 본다고
무슨 특별한 희망이 있으랴마는
한 해 내내
단 하루만이라도
마음 편하게 해달라고
오르는 길

날 세운 바람이
세차게 불어와
온몸을 휘감아 돈다

봄이 오면

초겨울 찬바람에
숨죽어 누워버린
잎들을 뚫고
배추꽃이 피었습니다

김장 김치 담아
자식들한테 보낼 어머니의 꿈은
배추꽃이 되었습니다

갓 서른 넘기고 남편을 잃은 어머니
삼남매 혼자 힘으로
시집 장가 다 보내고
이제 손자 손녀 재롱이
피어난 꽃처럼 한창인데
당뇨병으로 누워 있습니다

얼어붙은 어머니의 텃밭에도
봄이 오면

새싹이 쑥쑥 돋아났으면
새싹처럼
희망의 꽃이 활짝 피었으면……

제3부

손바닥에 핀 봄꽃

아침
손바닥에 핀 봄꽃
이런 날
가불인생
아침회의
하루
알소금 입에 물고
퇴근시간
비 오는 날
대기근무
손전화기 들어 보이는데
긴급출동
중고
운수 좋은 날
도장공 정우 형의 넋두리
토요일 오후

손바닥에 핀 봄꽃

차 밑으로
뚝뚝 떨어지는 흙탕물에
젖어드는 작업복

장갑 낀 손등으로
기름 묻어 끈적이는 얼굴을 닦는
봄비 내리는 날 오후

화단에 사철나무 빛깔이 풋풋하고
앞산 개나리는 흔들흔들 저들끼리
신바람이 났다

물먹은 장갑을 벗으니
손바닥에도 봄꽃이 피었다

아침

새 한 마리 젖은 몸을 말리는지
햇살 눈부신
공장 담 위에 앉아 있다

버릇처럼 전원을 켜려고
손을 올리는데
새가 나를 본다

고요한 아침에
불청객이 된 나를 경계하는지
힐끗거리며 온몸을 곤두세워
여차하면 날아갈 자세다

전원을 올리면
콤푸레셔 왕왕 도는 소리에
공장은 깨어나겠지만
새는 놀란 가슴
쉽게 가다듬지 못 할 것이다

새의 눈을 본다
오늘이 불안한 새는
내일이 두려운 나를
가여운 듯 내려다본다

이런 날

드륵드륵
붙였다 떼었다 되풀이하다 보면
하루가 현기증 속에 저뭅니다

콤퓨레셔 벨트 따라 도는 공장
충혈된 해가 공장 처마에 걸리면
임팩트를 쥔 손은
저절로 떨림이 옵니다

야간작업이라도 하는 이런 날은
타이어를 따라
쌩쌩 굴러가는 착각에 빠집니다

밤이 깊어 갈수록
내 몸에선 꼭
펑크 난 타이어처럼
바람 새는 소리가 납니다

* 임팩트 : 볼트 너트를 조이고 풀 때 쓰는 공구

아침회의

　　깨끗해야 합니다 손님은 왕입니다 기름 묻은 손은 자주
자주 씻고, 기름때 흙먼지 묻은 작업복은 수시로 털고 갈
아입고, 항상 깨끗해야 합니다 특히 차 내부에 들어가서
수리할 경우에는 신문지를 깔고 의자에 앉아야 합니다

차 밑에 들어갔다 나오기를 수십 번
줄줄 흐르는 땀, 흙먼지에, 기름에
장갑조차 낄 수 없는 배선작업

갈아입을 작업복과
수시로 씻고 털고 할 시간
있기는 한가

현장으로 가는 발걸음이 바쁘다

손님들이 차량 옆에 서서
눈치를 보고 있다

가불인생

월급날
아내는 계산기부터 두드린다

관리비, 수도요금, 전기요금
어머니 생활비
주택청약예금

맞벌이할 땐
적은 돈이지만 적금이라도 하나 넣고
외식이라도 가끔 했는데

내 용돈 쪼개고
기름값 아끼고
생활비 줄여도
몸 아파도 병원 갈 돈조차 없단다

그러니깐
안 아프면 되지

억지소리를 했지만

좋다
이번 달도 가불이다

하루

하루를 견뎌낸 작업복은
하얀 얼룩에 절었다

세탁기에 넣은 작업복이
하루를 풀어 놓으며
털털거린다

저녁노을을 보며
담뱃불 비벼 끄고
일어설 때
풀어진 작업복처럼
늘어지는 몸

다리는 휘청거리지만
그래도 돌아갈 집이 있어서 좋다

올망졸망 아이와
따뜻한 밥을 준비 해 놓은 아내가

기다리는 집이 있어서
좋다

알소금 입에 물고

팔월 햇볕은
달구고 달군 열기에
스스로 달아올랐다

일 시작하기도 전에
속옷이 축축하다

콤퓨레셔는 더워 죽겠다고
왕왕 아우성이고
선풍기는 열바람 불어내며
제풀에 뜨겁다

알소금 입에 물고
땀 훔치며
작업장으로 갈 때

물 뿌려 놓은 시멘트 바닥이
수증기 뿜어내며

발걸음 잡는다

자, 자
힘내라 힘
월급날
며칠 안 남았다

퇴근시간

온종일 비 옵니다

퇴근시간 다 되어
주변 청소를 합니다

기름 범벅인 공장바닥을 말끔히 닦고
공구도 은색 빛이 나도록
반질반질하게 닦은 뒤

빗방울 비치는 수은등 아래
동료와 담배를 피웁니다

뚝뚝 빗방울 떨어지는 머리카락
분칠한 어릿광대 같은 얼굴
서로 바라보고 낄낄거리다
닦아주고 털어 줍니다

서로

조금씩 조금씩 깨끗해집니다

비 오는 퇴근길이
밝겠습니다

비 오는 날

한 달째 쉬지 않고
잔업을 한 탓일 거다
조금만 늦게 자도 일어나기 힘들다
정비는 여름이 성수기인 탓도 있으리라
자꾸만 쌓이는 일을 떠올리니
들고 있는 우산이 무거워진다
한 순간도 긴장을 놓지 못하는 삶
들꽃 이름 하나 마음에 담지 못하면서
쌩쌩 달리는 차 이름을
버릇처럼 웅얼거린다

또 비 온다

대기근무

방어진으로 출동이다

밤을 밝히는 눈길을 헤치며
태광산업 앞을 지나는데
"정리 해고 철회! 일자리를 돌려 달라!"
빨간 머리띠 노동자와 용역깡패들
정문을 사이에 두고 마주 서 있다

뒤숭숭한 마음 챙기며
아산로 현대 자동차 앞을 지나는데
'연말 성과수당 올려 달라!'
바람 따라 살랑살랑 춤추는 플래카드가
여우꼬리마냥 보여 울가망하다

방어진 한산한 도로 위엔
눈발이 굵어지고
어디쯤 오고 있냐는 전화는 빗발치고
이 밤 나는
스물네 시간 긴급출동 대기근무

손전화기 들어 보이는데

집은 무엇 하는 곳이냐고
아내 잔소리
오늘도 이어진다

긴급출동 도맡아 하는 일주일
어제는 회사일 밀려서
아홉시 반 퇴근
오늘은
씻고 밥 먹는데
출동전화다

울산 객지 생활
친구도 친척도 없는 곳
손전화기 들어 보이며
멋쩍은 웃음으로 마음 달래 보는데

신발을 챙겨 주며
조심해서 다녀오라는 아내
나도 모르게 가슴이 찡하다

도장공 정우 형의 넋두리

한순간이었지
준비할 시간도
마음 다잡을 틈도 없이
그냥 하루아침에 짤려 버렸어
그 뒤로 부엉이처럼 살았어
알음알음 한 건에 얼마씩 받으며
밤에, 밤에만 일 나갔어
그 일도 하루 이틀이지
나중에는 햇빛만 봐도
현기증이 날 정도였지
이렇게 살 순 없다
다시 공장에 들어온 거야
예전 공장에 견주면 임금이야 적지
그래도 살아야지
언제일지 모르지만
카센타라도 차리는 게 꿈이야
사는 동안 발길에 툭, 툭 걸리는 게 법이지만
부도난 내 삶을
보상해 줄 법은 어디에도 없어

긴급출동

아직 어둠이 짙은 새벽
덕하 시장을 지날 때
할머니 한 분
긴급출동 나가는 나를 붙들고
남창까지 태워 달란다

빨리 가서 자리를 잡아야 되는데
젊은 양반이 태워 줘서
채소를 다 팔겠다고
자꾸자꾸 고마워한다

장터에 도착하자
텃밭에서 손수 가꾼 채소라며
한 다발 내민다
괜찮다고 손사래를 쳐도
던지듯이 내려놓고 가시는 할머니

몸집만한 채소 보퉁이 위에

붉은 해가 한껏 올라앉고
할머니는 벌써 저만치 멀어졌다

* 남창: 울산광역시 울주군에 있는 마을 이름

중고

소음에다
브레이크, 조향장치마저
엉망인 차를 타고 온 손님
다른 것은 필요 없고
시동만 안 꺼지게 고쳐 달란다

차 관리를 잘 해야겠다고 말했더니
고철 값도 나오지 않는 차
타다가 부서지면 그냥 버리겠단다

낡은 작업복에 구멍 난 장갑
몇 번이나, 몇 켤레나 버렸던가

작업복에 몸을 감싸고
장갑으로 손을 보호한
일들은 잊어버리고
무심코 버린 날들

세월이 흐른 뒤
우리는
중고라도 될 수 있을까

운수 좋은 날

한가위 전에 일거리가 없어서
이러다 문 닫는 것 아니냐고
다들 말이 많았지

연휴 내내
마음 편치 않았는데
올해도 태풍이 지나가자
작업장에 일거리가 넘쳐
야간작업이다

강둑이 터지고
집이 무너지고
차들이 물에 잠기고
온 도시가 쑥대밭이 되니
일복이 터졌다

마음 같아서는
한달에 한번쯤 태풍이 와도

좋을 것 같다

고향에 계신 어머님
태풍 피해 없냐는 전화에
안부도 여쭙지 못하고
왱왱거리는 레카차에 달린
일거리 떼내기에 바쁘다

토요일 오후

한 번이라도
제 때에 받아 보지 못한 임금
그것마저 올해는 동결이란다

십 년 만에 찾아 온 무더위에
다들 산으로 바다로 휴가를 떠나지만
당장 일거리가 걱정이다

토요일 오후
한 발이나 남은 해를 이고
퇴근하는 길

후끈 달아 오른 열기에
끈적이는 아스팔트가
발을 잡는다

줄줄이 늘어 선 차량들이
햇빛을 쏟아 내고 있다

발을 떼어 보지만
발걸음이 무겁다

임금 때문이 아니다
휴가 때문이 아니다
일거리 때문이 아니다
끈적이는 아스팔트 때문이 아니다
쏟아지는 햇빛 때문이 아니다
아니다 아니다
중얼중얼 마음 달래보지만
발걸음은 여전히 무겁다

제4부

신문을 보다가

흔적
봄비 오는 밤
창문에 기대어
신문을 보다가
짜장면
내 자리
질긴 어둠
발자국 소리를 잊는다
겨울비 내리는 날
밤

흔적

몇 년을 타고 다니던 차
중고상에 팔고 돌아서는 길

차 열쇠 있던 호주머니에 손을 넣으니
삐죽 빠져드는 손가락
열쇠가 뚫어 놓은 구멍으로
이젠 손가락이 빈자리를 채우다
어느새 잊혀진 기억

한달 두 달 한해 두해
공구통에 붙은
내 이름은 사라지고
낯선 이름이
내 손때 묻은 공구들을
사용하고 있지

봄비 오는 밤

산재병원 301호실

편두통으로 며칠째 잠 못 이루던 성수 형
오늘따라 나직이 코를 곤다
신경통으로 입원한 손 영감님
앓는 소리 한번 없다

불 꺼진 병실
창문 틈으로 빗소리 들린다

사르락 사르락
젖어드는 화단에
꼭 새순 돋는 소리
그 소리 들으며
잠 못 드는 밤
나의 이력을 본다

성명 이상호	나이 35
병명 추간판탈출증	담당 신경외과
보험 산재	입원 04. 10. 15

창문에 기대어

병원 앞 정류장
통근버스들이 줄을 선다

한 무리의 사람들을 태워 떠나면
새순 돋는 은행나무들만 남아
아침 햇살을 기다린다

통근버스를 타려고 줄 섰던 날들
나에게도 있었다

두터운 점퍼를 입고
새벽 찬바람 속에서도 동료들과
정겨운 인사를 나누고
떠오르는 햇살 속으로 달려가던 날들

끝없이 밀려왔다 떠나가는
통근버스들을 보며
병실 창문에 기대 선 내 마음은
벌써 버스에 올라 앉아 있다

신문을 보다가

하얀 침대보 위에
찜질 팩으로 허리를 치료하는
물리치료실에서 신문을 본다

사학법 개정 반대
한겨울 야외 집회를 하는
국회의원들 이야기를 건성으로 넘기고
주가지수가 올랐다는 경제면을 지나
사건 사고 사회면을 읽는다

수술한 디스크가 재발되어
재수술을 기다리는 나날
산재공단에선 장애등급을 들먹이며
심사가 까다로워 시간이 걸린다는 얘기가
신문 위에 겹친다

노동력을 잃은 나는
수술도 허가를 얻어야 하는

네모난 종이 위에 올려진
글자가 되었다

짜장면

중학교 졸업식 날
드넓은 운동장은 낯설었고
포근한 햇살 받으며
식구들과 사진을 찍는 친구들을
뒤로 하고 빠져나온 정문
학기 가운데 취업한 친구들과 어울려
졸업장을 옆에 두고
그 날만은
인두기 대신 젓가락을 들고
우리끼리 축하하며
성공하자
돈 많이 벌자며
꾸역꾸역 먹던 짜장면

산재로 입원한 병실에서
아들 생일이라고 식구들 둘러앉아
짜장면을 먹는데
괜스레 목이 메인다

내 자리

한 달 두 달
해가 바뀌고 또 바뀌어도
하얀 병원 건물 안
이동식 침대
내 자리

네 살 된 아들
돌이 다 된 딸
일 나갔다가 아이들 데리고 와
밤마다 다독이며
잠드는 아내
그 옆 빈 자리
내 자리

몇 달 전부터
구인광고 내 놓았다는
그 자리 내 자리

질긴 어둠

마지막 남은 어둠이
아침노을 속으로 숨어들고 있다

먼 데서 희번한 밝음이 조금씩 밀려오며
병실 창문을 엿보는데
병실 안의 어둠은 이불에 붙어
떨어지지 않고
밤새 혈압 재고 링거 바꾸며
앓는 소리와 뒤척이다 맞는 아침

밥 배달하는 아주머니
식사 왔습니다 인사말에
겨우 실눈을 뜨고 바라보니
밥상 옆에 놓인 약 봉지가
물끄러미 나를 쳐다보고

발자국 소리를 잊는다

치료 받을 때 그때 잠시뿐
뒤척이다 끝내 침대에서 내려왔다
새벽 세 시가 갓 넘어 서고 있다
병원 복도를 왔다갔다 거니는데
고요를 깨우는 내 발자국 소리를 잊는다
하루 이틀 걷는 일이 아니니 내 귓속으로만
익숙한 소리일 것이다

지난날 생각하니
열여섯 까까머리에 시작한 밤 생활이다
밥 먹듯이 했던 전자회사 철야작업
열두 시간 맞교대 신발공장
야간작업은 기본인 중공업 공장
스물네 시간 정비공장 긴급출동

오늘 밤도
익숙한 밤이라 생각하니
복도를 밝히는 형광등 불빛이
참 다정하다

겨울비 내리는 날

병실 창문에 부딪힌 빗방울들이
불빛에 반짝이며
앞서거니 뒤서거니 흐르다
맺혀 있습니다

점점이 맺힌 빗방울들이
오늘따라 내 가슴을 흔들어
가만가만 들여다보니

열여섯 아들의 첫 월급을 받아 쥔
어머니의 얼굴이 되고
열한 살에 돌아가신 흐릿한 기억 속의
아버지 얼굴이 되고
또르르 흐르는 빗방울 하나가
젖먹이 아이가 되어
나를 보고 웃습니다

앞서거니 뒤서거니 흐르는

빗방울들이 눈에 아른거립니다

다 사랑입니다

밤

연탄가스를 마신 세 남매에게
동치미국물 얻어와 먹이던
어머니의 헐떡이는 숨소리 울리던 밤

라면 하나 국수 한 다발 넣은 냄비에
옹기종기 둘러 앉아 저녁을 먹었지만
자다가 일어나 물로 배 채우던 밤

열여섯 까까머리 전자부품 공장 생활
야간작업 철야근무에 침침한 눈을 부비며
또 철야근무 하던 밤

산업체 고등학교 수업 마치고
우르르 몰려다니며 어묵 국물에 배 채우고
막차 타던 밤

비정규직 공장생활 하루아침에 정리해고 되고
몇 날 며칠 술에 취에 비틀거리던 밤

신혼방에서 맞벌이 아내와
맥주잔을 부딪치며 행복에 젖었던 밤

갓난아이 울음소리에 잠결에도 일어나
어르고 달래며 서성이던 밤

아이 둘 키우며 일 나가는 아내
코고는 소리 들릴 것 같은 밤

새벽조차 잃은 산재노동자의 밤

한 사람의 아픔은 세상의 아픔이다

서정홍

언제부턴가 내 마음은 나도 모르게 농촌 들녘으로 달려가고 있었다. 나이 더 들기 전에, 몸과 마음이 더 무너지기 전에, 하고 싶은 일을 하면서 '돈 경제'에서 벗어나 '살림살이 경제'를 익히며 살고 싶었다. '돈 안 되고 힘들어서' 모두 버리고 떠난 농촌을 선택한다는 것은 그리 쉬운 일이 아니었지만, 내 삶을 가꾸기 위해서는 스스로 떳떳하게 살아야 한다는 생각이 들었다. 입만 살아서 농촌이니 환경이니 생명이니 떠들고 돌아다닌 지 십 년 남짓 흘렀으니 마땅히 내뱉은 말에 책임도 져야 하지 않겠는가.

그리고 가장 낮은 곳에서, 내가 아니면 아무도 거들떠보지 않는 곳에서, 땀 흘려 일하고 일한 만큼 당당하게 밥 한 그릇 비울 줄 알아야 살아있는 시를 쓰지 않겠는가. 한평생 살면서 시 한편 쓰지 않아도 좋다. 꼭 시를 써야 시인이겠는가. 시를 쓰지 않고도 시인보다 더 좋은 사람을 만나면 '그래, 이 분이 바로 시인이다.'는 생각이 들 때가 많지 않던가.

지지난해 봄, 사십 년 넘도록 살던 도시를 떠나 합천 황매산 자락, 열 가구밖에 안 되는 작고도 깊은 산골마을로 삶터를 옮겼다. 대문조차 없을 만큼 자유롭게 사는 작은 마을이다. 어느 산골마을이나 마찬가지로 모두 늙으신 농민들만 살고 있기 때문에 농사철이 아니면 한해 내내 '절간'처럼 조용한 마을이다.

오래 묵은 논밭을 빌려 땀냄새 사람냄새 맡으며 '제대로' 살기 위해 농사꾼이 되었다. 내 가진 것 비록 적어도, 남은 삶을 몽땅 바쳐 일할 수 있는 논밭이 있으니 얼마나 신나고 즐거운 일인가. 그러나 철이 바뀌고 해가 지날수록 이런 말이 자꾸 들려왔다.

'정홍아, 너는 아직 농사꾼이 아니다. 흙을 밟고 농사를 짓는다고 다 농사꾼이 되는 것은 아니다. 농사꾼의 마음을 지녀야 진짜 농사꾼이 되는 것이다. 그리고 네 놈이 시를 쓴다고 시인이 아니다. 시인의 마음을 지녀야 진짜 시인이 되는 것이다.'

나는 흙을 밟고 농사지으면서 깨닫기 시작했다. 나는 아직 농사꾼도 아니고 시인도 아니라는 것을.

시집 발문에 왜 내가 살아가는 이야기를 쓴 것일까? 곰곰이 생각해 보았다. 언젠가 이상호 시인뿐만 아니라 이 땅에서 시를 쓰고 시를 사랑하는 모든 사람들이 자연(농촌)으로 돌아오기를 바라는 마음이 간절했기 때문이 아닐까 싶다. 사람이 흙에서 왔으니 흙으로 돌아가야 하지 않겠는가. 가난하고 불편하더라도 다시 흙으로 돌아가서 흙냄새 맡으며 삶을 이어가야 '사람냄새' 나지 않겠는가.

    1

이상호 시인은 '병든 자동차'를 고치는 정비공이다. 2004년 10월 15일 병든 자동차를 고치다 시인은 깊은 병이 들었다. 올해 나이는 서른여섯이다. 중학교 졸업하고 여태까지 이십 년 동안 하루라도 쉬면 '큰일'날 것처럼 일밖에 모르고 살았다. 아무리 젊은 나이라 하더라도 그토록 오랜 세월, 일만 하고 살아왔으니 쇳덩어리도 아닌 몸이 어찌 견디겠는가.

시인은 지금, 허리에 쇠를 박아 고정 수술을 했고 목도 정상이 아니다. 벌써 이 년 넘도록 병원 생활을 하고 있다. 어린이집에 시간제 피아노 강사로 나가는 천사보다 고운 아내 김영미(33세) 씨와 옥수수 자라듯 쑥쑥 자라는 네 살 된 아들 수성이와, 두 살 된 딸 은솔이를 어린이집에 두고 어찌 마음이 편하겠는가? 이날까지 일밖에 모르고 땀 흘리며 정직하게 살아온 대가라 생각하면 더욱 가슴이 쓰릴 것이다.

이상호 시인은 마산공업고등학교(산업체) 야간반에 다니며 낮에는 전자공장, 신발공장, 냄비 뚜껑 손잡이 만드는 공장,

방 도배, 조립식 칸막이 공사장, 도시가스 배관설치, 철공소들을 다니며 온갖 막노동을 다 하며 살았다. 군 제대하고 방송통신대학 국어국문학과에 들어가서 못 다한 공부를 하면서 시를 쓰기 시작했다. 중학교 때부터 시를 좋아한 이상호 시인은 시와 함께 울고 웃으며 자라왔다. 시를 가까운 동무처럼 좋아하다가 '나도 한 번 시를 써 보자'고 마음먹었다. 시를 사랑하는 마음으로 시를 써서 고등학교 3년 동안 백일장마다 빠짐없이 나가서, 상이란 상은 거의 다 받을 정도로 가슴이 뜨거운 학생이었다.

숱한 상을 받기까지 국어과 이문재 선생과 담임인 강진구 선생의 도움이 컸다. 그래서 지금도 강진구 선생과 서로 안부를 나누며 지낸다. 어려운 시절, 가난한 학생한테 지극한 관심과 사랑을 베풀어준 스승이 그림자처럼 돌봐준 덕으로, 오늘 이상호 시인이 첫 시집을 낼 수 있지 않았겠는가.

이상호 시인은 가난한 집안에서 태어나 가난을 이불 삼아 덮고 살아왔다. 아버지는 열한 살 무렵에 깊은 병으로 돌아가시고 어머니 이영순(67세) 씨가 마산 청과시장에서 과일 장사를 해서 어린 아들 둘과 딸 하나를 다 키우셨다. 지금은 고혈압과 신경통, 관절염과 당뇨까지 심해 일을 못하신다. 찢어지도록 가난한 삶을 이어온 어머니는 이렇게 하루도 편할 날 없이 살아온 것이다. 이 땅에 모든 가난한 어머니처럼 그렇게…….

며칠 전, 발문을 써 주었으면 좋겠다는 이상호 시인 부탁을 받고, 전태일문학상을 받은 배재운 씨가 운영하는 마산 '남해해물탕'에서 함께 저녁을 나누어 먹었다. 어디서 걸려왔는지 모르지만 이상호 시인은 목소리를 조금 높여 휴대전화를 들고 말했다.

"그래, 그래. 죽고 사는 거 한 순간이다. 늘 몸조심해라. 나처럼 고생하지 말고."

아직 마흔도 안 된 나이에, 세상 풍파 다 겪은 사람처럼 내뱉는 말이 내 가슴을 아프게 했다. 세상을 조금 더 살아온 선배로서 어찌 가슴이 아프지 않겠는가. 엊저녁에 병실을 걸으며 '이제부터 시다운 시를 쓰고 싶다'는 생각이 울컥울컥 솟아올라 잠을 설쳤다는 이상호 시인은 시를 쓰지 않아도 시인이다. 그 마음이 이미 시인인 것이다. '지금도 마산의료원 병실에서 시를 쓰고 싶어 잠을 설치고 있지는 않을까?' 생각하니 더욱 가슴이 아프다. 나는 지금 이상호 시인이 원고와 함께 내게 보내온 편지를 읽고 있다.

"아무래도 병원 생활이 길어질 것 같습니다. 허리 수술한 부위 윗부분에 다른 증세가 나타나고 있다는 진단을 받았습니다. 재활과 새로운 병에 하루하루를 보내고 있습니다. 추운 겨울 감기조심하시고 내내 건강하시기 바랍니다."

2

새벽안개를 뚫고
통근버스도 졸면서 왔다

저마다
의자에 몸을 묻은 채
당연한 듯 눈을 감는다

흔들리는 차 속
간간이 부딪히는 어깨
혼자 주절거리는 라디오
나직이 들리는 코고는 소리

말없는 사람들……

통근버스 안은
서서 가는 사람조차 눈을 감고
숨소리마저 졸아들어
그 누구도 말이 없다

— 「말없는 사람들」 전문

잔업과 특근에 지쳐 엉덩이만 붙이면 졸음이 쏟아지는 노동자들의 삶을 잘 나타낸 시다. "통근버스 안은 / 서서 가는 사람조차 눈을 감고" 있다는 것은 살기가 그만큼 힘들고 피곤하다는 게 아니겠는가.

부자들은 가난하고 착한 사람들이 흘린 땀방울 덕으로 편안하게 살아간다. '내가 똑똑하고 열심히 살아서' 잘 사는 것인 줄 알지만 깊이 살펴보면 모두 남 덕에 하루하루를 살아가는 것임을 쉽게 알 수 있다. 그것도 모르면 사람도 아니다. 여태 나도 모르게 짐승의 탈을 쓰고 살아온 것은 아닌지……. 그럴

지도 모른다. 내가 가진 모든 것은 누군가의 땀방울을 훔쳐온 것이니까. 제대로 값을 치르지 않고 내 것인 것처럼 먹고 마시고 입고 살아왔으니까.

여기 저기 흩어져 있는
건축 자재들이 흉물스럽다

짓다만 공장 건물 한쪽
파헤쳐진 흙더미 속에
우뚝 죽순 하나 솟아났다

또다시
뒤집어지고 실려 나갈 흙더미에
언제 뿌리를 내렸나
보란 듯이 당당한

죽순 하나

— 「죽순 하나」 전문

그렇다. 진짜 노동자들은 어디서나 뿌리를 내리고 당당하게 산다. 비록 언제 뒤집어지고 파헤쳐질지 몰라도. "짓다만 공장 건물 한쪽 / 파헤쳐진 흙더미 속에 / 우뚝 죽순 하나 솟아"나는 것처럼 누구보란 듯이 당당하게 산다. 앞으로 이상호 시인도 틀림없이 죽순처럼 '흙더미'를 박차고 일어나리라 믿는다.

주 오 일 근무를 한답니다
연봉이 몇 천만 원이라 합니다
해마다 연봉 인상을 한답니다

하루벌이 나갑니다
하루를 살아갑니다
공치는 날에도
집에 가지를 못하겠습니다

주 오 일 근무 아니라도 좋습니다
몇 천만 원 연봉 아니라도 좋습니다
월급 밀리지 않고
일자리 걱정 없는 세상
다만 그런 세상이라면

— 「비정규직」 전문

　우리 막내아들 녀석도 비정규직이다. 군 제대하고 나와서 몇 달째 대우자동차에 다닌다. 주야 2교대라 얼마나 힘겨운지 살이 다 빠졌다. 잘리지 않기 위해 다른 사람보다 더 열심히 일한다. 찬바람 부는 겨울 아침에 자전거를 타고 일터로 나서는 아들 손을 잡고 '몸조심해라. 쉬어가면서 일하고.' 이 말밖에 할 수 없는 이 땅에 사는 가난한 아비의 가슴은 겨울 찬바람보다 더 싸늘하다는 것을 알기는 알까?

　정말이지, "주 오 일 근무 아니라도 좋습니다 / 몇 천만 원 연봉 아니라도 좋습니다 / 월급 밀리지 않고 / 일자리 걱정 없는 세상 / 다만 그런 세상이라면” 얼마나 좋겠는가. 이 소박한 꿈마저 짓밟는 자랑스런(?) 대한민국 하늘 아래서 비정규직 노동자는, 그이의 부모형제는, 지금도 가슴 졸이며 살고 있는 것이다.

“한 순간이었지 / 준비할 시간도 / 마음 다잡을 틈도 없이 / 그냥 하루아침에 짤려 버렸”(「도장공 정우 형의 넋두리」)다는 정우 형, “밤늦게 전화가 왔다 / 계약직 이 년 끝내고 / 새 직장 찾아간 성수 형 // 취한 목소리로 / 주절주절 / 사는 게 겁이 난단다”(「전화」)는 성수형, 이 모두 우리 곁에 함께 숨 쉬고 살아가는 사람들이다. 어찌 시인의 가슴이 아프지 않겠는가. 이런 가슴 아픈 현실을 어찌 눈감고 지내겠는가. 그래서 시인은 시를 쓰는 것이다. 쓰지 않으면 가슴이 터질 것 같아서.

이상호 시인은 이름난 어느 시인처럼 시를 써서 이름을 남기거나 돈을 벌고 싶은 생각은 없다. 시를 읽고 누군가 ‘아, 어찌 이리도 내 마음하고 똑같을까.’ 하면서 함께 웃고 함께 울어주는 사람이 있으면 되는 것이다. 그런 사람이 이 세상에 한 사람이라도 있다면 시 쓰기를 멈추지 않을 것이다.

시는 곧 삶이다. 자기가 쓴 시가 시시하면 삶이 시시한 것이고, 자기가 쓴 시가 감동이 없으면 삶이 감동이 없는 것이다. 자기가 쓴 시가 보잘것없는 것은 삶이 부끄러운 까닭이며 그 부끄러움은 ‘삶의 새순’을 키워 내는 몫을 다하지 못했기 때문이다. 이상호 시인은 지금도 ‘삶의 새순’을 키워 내기 위해 시를 쓰고 있는 것이리라.

옛날에는 글과 책이 말보다 더 큰 노릇을 할 수 없었다. 그래서 사람들은 이야기를 많이 했다. 농사일을 하는 사람들이 밭을 매면서 이야기를 하고, 길쌈을 하면서 이야기를 했다. 농군들이 산길을 가면서 들길을 걸으면서, 아낙네들이 물레를 자으면서도 노래를 불렀다. 겨울의 긴 밤은 새끼를 꼬고 짚신을 삼고 멍석을 매면서, 버선을 깁고 옷을 지으면서 이야기로 새었다. 아이들한테도 얼마나 많은 이야기를 들려주었던가! 그것이 바로 훌륭한 문학이었다.

땀 흘려 일하고 정직하게 살아가는 사람은 안다. '말장난' 같은 그럴 듯한 시를 써서 일하는 사람을 깔보는 이 땅에 쓰레기 같은 시인이 얼마나 많은지 다 안다. 땀냄새 사람냄새 하나 나지 않는 '거짓 시'들을 읽고 배우고 시험을 치면서 얼마나 시인을 원망했는지 아는 사람은 다 안다. 그러나 이상호 시인은 오랫동안 일하는 사람들 곁에서 땀냄새 사람냄새 물씬 나는 시를 쓰기 위해 애써왔다. 비록 시가 조금 서툴고 매끄럽지 못하다 해도 시 속에 들어있는 거짓 없는 삶은 이 세상에 늘려 있는 황금덩어리보다 더 소중한 것이다.

언제
쫓겨날지 모르는
도시 개발지역 한가운데
뿌리를 내린
아버지처럼

보도블록 틈 사이
작은 집 한 채

　　　―「개미집」 전문

　언제 쫓겨날지 모르는 비정규직 노동자처럼, "언제 / 쫓겨날지 모르는 / 도시 개발지역 한가운데 / 뿌리를 내린 / 아버지"를 바라보는 아들은 개미집이 예사롭게 보이지 않을 것이다. 개미가 지은 보도블록 틈 사이 작은 개미집 한 채가 마치 아버지가 뿌리 내린 '불안한 집'처럼 보였을 것이다. 이 시를 쓰고 시인은 가난한 아버지를 생각했을 것이다. '아버지, 아버지' 불러도 보고 혼자서 눈물도 흘렸을 것이다. 이런 마음이 시인의 마음이기 때문이다. 이 세상에 슬픔만한 거름이 어디 있겠는가.

　현관문을 열자
　확
　밀려오는
　냄새

　어머니 냄새다

　한 번이라도 넉넉한 웃음
　안겨 드린 적 없는데
　올해도 메주는 넉넉히 달렸다

　손수 장을 담그는 집이

흔하지 않는 요즘
자식들 생각하며
토닥토닥 정성 들여
만들었을 메주

어머니 사랑이다

— 「메주를 보며」 전문

이상호 시인은 효자다. 그이가 쓴 시를 읽지 않고도 사람들
은 알고 있다. "며느리들 앞세우고 / 상을 차리는 / 삭정이 같
은 손마디가 눈에 밟혀"(「아버지 제삿날」) 어머니 손을 살며시
잡아보는 가슴 따뜻한 시인이다. 어머니가 만든 메주를 바라보
고 "넉넉한 웃음 한번 안겨드린 적 없는" 자신을 돌아보며 어
머니의 사랑을 느낄 줄 아는 시인이다.

벚꽃이 너무 화사해서일까
꽃 아래 아이를 보듬고
아내는 웃고 있는데
환한 얼굴이 아니다

바람 불어 꽃잎 날릴 때
아내 몰래 사진을 찍었다

벚꽃보다 환한 웃음
사진 속 꽃잎
빛바래기 전에

120

되찾을 수 있을까?

—「벚꽃보다 더 환한」가운데

언제였던가
식구들 함께 봄나들이 갔던 때가
아내는 꽃 속에 파묻혀 있어도
봄이
쉽게 믿어지지 않는가 보다

이 포근한 일요일 한낮
다른 세상에서 온 사람처럼

—「어느 봄날」가운데

이상호 시인은 어머니를 사랑하는 것만큼 아내를 사랑한다. 가난한 사내 만나 한 번도 후회하지 않고 당당하게 살아가는 아내를 사랑할 수밖에 없다. "꽃 아래 아이를 보듬고 / 아내는 웃고 있는데 / 환한 얼굴이 아니"라는 것을 볼 수 있는 남편은 그리 많지 않기 때문이다. "언제였던가 / 식구들 함께 봄나들이 갔던 때가 / 아내는 꽃 속에 파묻혀 있어도 / 봄이 / 쉽게 믿어지지 않는가 보다 // 이 포근한 일요일 한 낮" 그래서 시인은 가슴이 시리다. 바람 불어 꽃잎이 날릴 때, 아내 몰래 사진을 찍다가 생각하는 것이다. "벚꽃보다 환한 웃음 / 사진 속 꽃잎 / 빛바래기 전에 / 되찾아 줄 수 있"기를 간절히 바라는 것이다. 이보다 더 아름다운 사랑이 어디 있겠는가.

3

　사람들이 시를 읽고 감동하는 것은 바로 진실의 힘이다. 진실의 힘은 '나'를 바꾸고 세상을 바꾸어 놓는다. 자기 생각과 자기 삶을 자기 말로 써야 살아 있는 글이고 진실의 힘이 더 커지리라 믿는다. 남의 삶을 남의 말로 써서는 거짓글이 되니, 누가 거짓글을 읽고 감동하겠는가.

　시는 김치가 익는 것처럼 천천히, 오래 두어도 맛이 나야 한다. 시는 좋은 음악처럼 읽는 이의 가슴으로 흘러 들어가야 한다. 그러나 시는 노래나 음악처럼 갑자기 즐거움을 줄 수는 없지만 삶을 넉넉하게 해 주는 힘이 있다. 자연이 말을 하지 않듯이 시는 다만 말하고 싶은 것을 보여줄 뿐이다. 시인은 날마다 떠오르는 아침 해를 보고도 날마다 감동하는 사람이다. 그래서 '어린이는 모두 시인이다'라고 하지 않던가.

　이상호 시인은 살아 있는 한 시를 쓸 것이다. 한글을 아는 사람이면 어린이든 어른이든 누구나 읽어도 알 수 있고 감동할 수 있는 시를 쓸 것이다. 일하는 사람을 귀하게 여기는 삶과 철학이 있기 때문이다. 일하는 사람들이 글을 써서 사람 노릇을 해야 한다는 것을 누구보다 잘 아는 시인은, 일하는 사람도 얼마든지 글을 쓸 수 있다는 것을 보여줄 것이다. 아니, 일하는 사람이 쓴 글이야말로 진짜 살아 있는 글임을 보여 주리라 믿는다. 때로는 지식인이 쓰는 글도 필요하지만 '과부 사정은 홀아비가 더 잘 안다'는 속담대로 노동자의 삶, 노동자의 고통, 노동자의 희망은 노동자의 손이 가장 절절하게 그려낼 수 있기 때문이다.

　며칠 전에 잘 알고 지내는 후배를 만나 저녁밥을 함께 먹었다.
　"선배님, 큰 맘 먹고 시집 한 권 육천 원 주고 샀는데요. 반의반도 못 읽고 화가 나서 쓰레기통에 던져 버렸어요. 읽어도 무슨 말인지 알 수가 있어야지요. 시집 뒤에 쓴 해설은 더 어려워서……. 피 같이 아까운 돈만 날렸어요. 선배님, 시는 특별한 사람이 쓰고, 특별한 사람만 읽는 겁니까?"
　법 없어도 살 수 있는 착한 후배가 저녁밥 함께 먹으면서, 내게 따지듯이 한 말이다. 가난하고 착한 사람 도운 죄로 수배를 받다가 잡혀서 감옥에 있으면서도 늘 남을 먼저 걱정하던 후배가, 시집을 던져 버렸다고 할 때는 까닭이 있을 것이라고 나는 생각했다. 달동네 단칸방에 셋방살이 하면서 시집 한 권 사는 게 쉬운 일이 아니기 때문이다.
　후배가 큰 맘 먹고 샀다는 그 시집은 우리나라에서 손가락 안에 들 정도로 이름난 출판사에서 펴냈으며, 시를 쓴 사람은 내가 말을 하지 않아도 알 만한 사람은 다 알 정도로 이름이 알려져 있는 시인이다. 그 시인은 여태까지 한글을 아는 사람이면 누구나 읽어도 쉽게 느낄 수 있는 시를 썼던 시인이었다. 더구나 성실하게 일하는 사람들한테 꿈을 심어 주던 시인이었다. 그런데 어느 날부터 시가 어려워졌다. 후배는 그 시인을 믿고 시집을 사기 위해 땀 흘려 일한 대가를 아낌없이 바쳤는데

믿었던 시인이 쓴 시가 어려워서 알 수가 없어졌으니, 얼마나 기가 차고 기가 막힐 노릇이겠는가.

누구나 한두 번쯤 시집을 사고 나서 '에이, 잘못 샀군. 아까운 돈만 날렸네.' 하면서 읽지도 않고 책꽂이에 꽂아 놓은 시집이 있으리라. 그 뒤로 두 번 다시는 시집을 사지 않겠다고 다짐하면서 ……

어려운 시절마다 시가 노래가 되고 힘이 되어 백성들의 가슴에 묻힐 때가 있었다. 어릴 적, 밥 먹고 살기도 어렵던 때. 시장통 액자 파는 가게마다, 유리 파는 가게마다, 문방구마다 푸시킨의 「삶」이란 시가 들어 있는 액자를 팔았다. 우리나라 어느 구석진 가게를 가도 그 시가 들어 있는 액자를 팔았다. "삶이 그대를 속일지라도 슬퍼하거나 노하지 말라……." 현재는 슬프고 힘겨워도 밝은 내일이 올 것을 믿고 살자는 시다. 아무리 배우지 못한 백성이라도 한 번만 들으면 금세 느끼고 알 수 있는 시다.

80년대 군부독재를 몰아내기 위해 백성들이 거리에 나와 최루가스를 마시며 노래를 불렀다. 백기완 선생이 쓴 시 「임을 위한 행진곡」이 노래가 되어 도시 거리에서 농촌 들녘까지 온 하늘과 땅으로 울려 퍼져, 더러운 군부독재를 몰아냈다. 그뿐인가. 이상화 시인이 쓴 「빼앗긴 들에도 봄은 오는가」, 김소월 시인이 쓴 「엄마야 누나야」, 박노해 시인이 쓴 「노동의 새벽」, 김남주 시인이 쓴 「함께 가자 우리 이 길을」, 문병란 시인이 쓴 「직녀에게」 ……. 얼마나 많은 시가 노래가 되어 백성들의 한을 씻어 내고 아픔을 달래 주었던가.

그런데 왜 날이 가고 해가 바뀔수록 시가 어려워지는가. 시대가 어렵다고 시도 어려워진단 말인가. 시대가 어려울수록 시가 백성들 가슴에 파고들어 힘이 되고 노래가 되어야 하지 않겠는가.

시대가 바뀌었다고, 가난한 사람들의 삶이 바뀐 것은 아니다. 그러니 이 땅의 시인들은 백성들이 더 알기 쉽게, 더 감동스럽게 시를 써야 할 의무가 있는 것이다. 그래야 '기본 양심'조차 잃어버린 메마른 사람들 속에서 살아가는 백성들의 한이 풀리고 밝은 날이 오지 않겠는가.

일하는 사람들이 무슨 말인지 알 수 없는 시를 써야, 그렇게 써야 시가 되고 상품이 되는가. 그리하여 시를 사랑하는 사람들을 멍한 정신병자로 몰아넣는다면 이 사회는 이미 썩은 사회다. 시가 죽은 사회에 더 이상 무엇을 기대한단 말인가.

내가 생각하는 시인이란 어느 누구보다 깨끗한 우리말로, 누구나 알기 쉽게, 글을 써야 하는 사람이라 생각한다. 그것이 시인의 '의무'라고 생각한다. 더 이상 시가 백성들의 손에서 쓰레기통으로 들어가는 일이 있어서는 안 되지 않겠는가. 남의 나라 말을, 그것도 어디서 들어온 말인지도 모르고 마구 써 대는 사람들은, 그래야만 유식하게 보인다고 생각하는 사람들은, 이미 시인도 아니고 사람도 아니다.

이상호 시인은 땀 흘려 일하고 정직하게 살아가는 노동자다. 지금도 병실에서 꿈을 꿀 것이다. 건강한 몸으로 퇴근 길, 물소리에 이끌려 초승달을 쳐다보고 싶을 것이다. 하늘 한 번 제대로 보지 못하고 시간에 쫓겨 온 나날을 뒤돌아보면서 …… . 하루빨리 병을 이기고 벌떡 일어나 못 다한 아들 노릇, 남편 노릇, 아버지 노릇을 하리라 믿는다. 그리고 시인이 바라는 '시다운 시'를 쓰리라 믿는다. 비록 세상에 처음 나오는 이 시집이 서툴고 매끄럽지 못 한 데가 있다 해도 노동자들은 기뻐할 것이다. 노동자의 아들딸들도 기뻐할 것이다. 노동자가 세상의 주인이기 되기 위해서 시를 썼으니 얼마나 '거룩한' 일이더냐.

지난 밤 내린 비로
물소리가 꽤 요란하다

퇴근길
물소리에 이끌려
다리 위에 서니
물 속에서 바르르 떨고 있는 초승달

하늘 본 지
꽤 오래 되었구나

하늘 한 번
제대로 보지 못하고
시간에 쫓겨 온 나날이
물 속에 잠겨 가물가물

어지럽다

— 「초승달」 전문

갈무리 문학평론

1. 리얼리즘과 그 너머 : 디킨즈 소설 연구

정남영 지음

경원대 영문학과 교수로 재직중이며 문학평론가로서 활발한 비평 활동을 하고 있는
정남영이 디킨즈의 작품들에 대한 치밀한 분석을 통해 새로운 리얼리즘론의 가능성
을 모색한 문학이론서이다.

2. 카이로스의 문학

조정환 지음

『노동해방문학의 논리』 이후 15년에 걸친 오랜 정치철학적 모색 끝에 펴내는 조정환
의 세 번째 평론집. 문학, 지식, 문화가 자본에 실질적으로 포섭된 시대에 문학적 창
조와 생성의 시간은 누구에 의해, 어떻게 열리는가를 진지하게 탐구한다. 민족문학,
민중문학, 노동문학, 노동해방문학의 삶문학으로의 재구성, 리얼리즘의 해독제로서의
버추얼리즘의 가능성에 대한 진지한 탐색을 담고 있다. 1990년대 이후 최근까지 문학
장의 핵심 쟁점(리얼리즘‒(포스트)모더니즘 논쟁, 분단체제 논쟁, 민족문학 논쟁, 문
학권력 논쟁, 문학 위기 논쟁 등)에 대한 비판적 개입과 서정주, 김지하, 박노해, 백무
산 등 한국 현대 시문학사의 거장들의 문학적 행보에 대해 예리하게 분석하고 있다.

피닉스 문예

1. 시지프의 신화일기

석제연 지음

오늘날의 한 여성이 역사와 성 차별의 상처로부터 새살을 틔우는 미래적 '신화에세
이'!

2. 숭어의 꿈

김하경 지음

미끼를 물지 않는 숭어의 눈, 노동자의 눈으로 바라본 세상! 민주노조운동의 주역들
과 87년 세대, 그리고 우리 시대에 사랑과 희망의 꿈을 찾는 모든 이들에게 보내는
인간 존엄의 초대장!

3. 볼프

이 헌 지음

신예 작가 이헌이 1년여에 걸친 자료 수집과 하루 12시간씩 6개월간의 집필기간, 그
리고 3개월간의 퇴고 기간을 거쳐 탈고한 '내 안의 히틀러와의 투쟁'을 긴장감 있게
써내려간 첫 장편소설!

4. 길 밖의 길

백무산 지음

1980년대의 '불꽃의 시간'에서 1990년대에 '대지의 시간'으로 나아갔던 백무산 시인이
'바람의 시간'을 통해 그의 시적 발전의 제3기를 보여주는 신작 시집.

Krome …

1. 내 사랑 마창노련 상, 하

김하경 지음

마창노련은 전노협의 선봉으로서 87년 노동자 대투쟁 이후 민주노총이 건설되기까지
지난 10년 동안 민주노동운동의 발전을 이끌어 왔으며 공장의 벽을 뛰어넘은 대중투
쟁과 연대투쟁을 가장 모범적으로 펼쳤던 조직이다. 이 기록은 한국 민주노동사 연구
의 소중한 모범이자 치열한 보고문학이다.

2. 그대들을 희망의 이름으로 기억하리라

철도노조 KTX열차승무지부 지음 / 노동만화네트워크 그림
민족문학작가회의 자유실천위원회 엮음

KTX 승무원 노동자들이 직접 쓴 진솔하고 감동적인 글과 KTX 투쟁에 연대하는 16
인의 노동시인·문인들의 글을 한 자리에 모으고, 〈노동만화네트워크〉 만화가들이
그린 수십 컷의 삽화가 승무원들의 글과 조화된 살아있는 감동 에세이!